Gotthold Ephraim   Lessing

Ausgewählte Fabeln

Gotthold Ephraim   Lessing

Ausgewählte Fabeln

ISBN/EAN: 9783337352721

Hergestellt in Europa, USA, Kanada, Australien, Japan

Cover: Foto ©Andreas Hilbeck / pixelio.de

Weitere Bücher finden Sie auf **www.hansebooks.com**

Ausgewählte Fabeln

Gotthold Ephraim Lessing

1759

Inhalt:

Das Geschenk der Feien

Zu der Wiege eines jungen Prinzen, der in der Folge einer der größten
Regenten seines Landes ward, traten zwei wohltätige Feien.

"Ich schenke diesem meinem Lieblinge", sagte die eine, "den scharfsichtigen Blick des Adlers, dem in seinem weiten Reiche auch die kleinste Mücke nicht entgeht."

"Das Geschenk ist schön", unterbrach sie die zweite Feie. "Der Prinz wird ein einsichtsvoller Monarch werden. Aber der Adler besitzt nicht allein Scharfsichtigkeit, die kleinsten Mücken zu bemerken, er besitzt auch eine edle Verachtung, ihnen nicht nachzujagen. Und diese nehme der Prinz von mir zum Geschenk!"

"Ich danke dir, Schwester, für diese weise Einschränkung", versetzte die erste Feie. "Es ist wahr; viele würden weit größere Könige gewesen sein, wenn sie sich weniger mit ihrem durchdringenden Verstande bis zu den kleinsten Angelegenheiten hätten erniedrigen wollen."

Das Roß und der Stier

Auf einem feurigen Rosse flog stolz ein dreister Knabe daher. Da rief ein wilder Stier dem Rosse zu: "Schande! Von einem Knaben ließ ich mich nicht regieren!"

"Aber ich", versetzte das Roß. "Denn was für Ehre könnte es mir bringen, einen Knaben abzuwerfen?"

Der Affe und der Fuchs

4

"Nenne mir ein so geschicktes Tier, dem ich nicht nachahmen könnte!" so prahlte der Affe gegen den Fuchs. Der Fuchs aber erwiderte: "Un du, nenne mir ein so geringschätziges Tier, dem es einfallen könnte, dir nachzuahmen."

Schriftsteller meiner Nation!—Muß ich mich noch deutlicher erklären?

Der Besitzer des Bogens

Ein Mann hatte einen trefflichen Bogen von Ebenholz, mit dem er sehr weit und sehr sicher schoß, und den er ungemein wert hielt. Einst aber, als er ihn aufmerksam betrachtete, sprach er: "Ein wenig zu plump bist du doch! All deine Zierde ist die Glätte. Schade!—Doch dem ist abzuhelfen!" fiel ihm ein. "Ich will hingehen und den besten Künstler Bilder in den Bogen schnitzen lassen."—Er ging hin, und der Künstler schnitzte eine ganze Jagd auf den Bogen, und was hätte sich besser auf einem Bogen geschickt als eine Jagd?

Der Mann war voller Freuden. "Du verdienst diese Zieraten, mein lieber Bogen!"—Indem will er ihn versuchen, er spannt, und der Bogen— zerbricht.

Der Esel mit dem Löwen

Als der Esel mit dem Löwen des Äsopus, der ihn statt seines Jägerhorns brauchte, nach dem Walde ging, begegnete ihm ein anderer Esel von seiner Bekanntschaft und rief ihm zu: "Guten Tag, mein Bruder!"—

"Unverschämter!" war die Antwort. —

"Und warum das?" fuhr jener Esel fort. "Bist du deswegen, weil du mit einem Löwen gehst, besser als ich, mehr als ein Esel?"

Der Esel und das Jagdpferd

Ein Esel vermaß sich, mit einem Jagdpferd um die Wette zu laufen. Die Probe fiel erbärmlich aus, und der Esel ward ausgelacht. "Ich merke nun wohl", sagte der Esel, "woran es gelegen hat; ich trat mir vor einigen Monaten einen Dorn in den Fuß, und der schmerzt mich noch."

"Entschuldigen Sie mich", sagte der Kanzelredner Liederhold, "wenn meine heutige Predigt so gründlich und erbaulich nicht gewesen, als man sie von dem glücklichen Nachahmer eines Mosheims erwartet hätte; ich habe, wie Sie hören, einen heisern Hals, und den schon seit acht Tagen."

Der Esel und der Wolf

Ein Esel begegnete einem hungrigen Wolfe. "Habe Mitleid mit mir", sagte der zitternde Esel, "ich bin ein armes krankes Tier; sieh nur, was für einen Dorn ich mir in den Fuß getreten habe!"

"Wahrhaftig, du dauerst mich", versetzte der Wolf. "Und ich finde mich in meinem Gewissen verbunden, dich von deinen Schmerzen zu befreien."

Kaum ward das Wort gesagt, so ward der Esel zerrissen.

Der Fuchs

Ein verfolgter Fuchs rettete sich auf eine Mauer. Um auf der andern Seite gut herabzukommen, ergriff er einen nahen Dornstrauch. Er ließ sich auch glücklich daran nieder, nur daß ihn die Dornen schmerzlich verwundeten. "Elende Helfer", rief der Fuchs, "die nicht helfen können, ohne zugleich zu schaden!"

Der Geizige

"Ich Unglücklicher!" klagte ein Geizhals seinem Nachbar. "Man hat mir den Schatz, den ich in meinem Garten vergraben hatte, diese Nacht entwendet und einen verdammten Stein an dessen Stelle gelegt."

"Du würdest", antwortete ihm der Nachbar, "deinen Schatz doch nicht genutzt haben. Bilde dir also ein, der Stein sei dein Schatz; und du bist nichts ärmer."

"Wäre ich schon nichts ärmer", erwiderte der Geizhals; "ist ein andrer nicht um so viel reicher? Ein andrer um so viel reicher! Ich möchte rasend werden."

Der Hamster und die Ameise

"Ihr armseligen Ameisen", sagte ein Hamster. Verlohnt es sich der Mühe, daß ihr den ganzen Sommer arbeitet, um ein so Weniges einzusammeln? Wenn ihr meinen Vorrat sehen solltet!—"

"Höre", antwortete eine Ameise, "wenn er größer ist, als du ihn brauchst, so ist es schon recht, daß die Menschen dir

nachgraben, deine Scheuern ausleeren und dich deinen
räuberischen Geiz mit dem Leben büßen lassen!"

Der Hirsch

Die Natur hatte einen Hirsch von mehr als gewöhnlicher
Größe gebildet, und an seinem Halse hingen ihm lange
Haare herab. Da dachte der Hirsch bei sich selbst: Du
könntest dich ja wohl für ein Elend ansehen lassen. Und
was tat der Eitle, ein Elend zu scheinen? Er hing den Kopf
traurig zur Erde und stellte sich, sehr oft das böse Wesen zu
haben.

So glaubt nicht selten ein witziger Geck, daß man ihn für
keinen schönen Geist halten werde, wenn er nicht über
Kopfweh und Hypochonder klage.

Der Hirsch und der Fuchs

Der Hirsch sprach zu dem Fuchse: "Nun weh uns armen
schwächeren Tieren!
Der Löwe hat sich mit dem Wolfe verbunden."

"Mit dem Wolfe?" sagte der Fuchs. "Das mag noch hingehen!
Der Löwe brüllt, der Wolf heult und so werdet, ihr euch
noch oft beizeiten mit der Flucht retten können. Aber
alsdenn, alsdenn möchte es um uns alle geschehen sein,
wenn es dem gewaltigen Löwen einfallen sollte, sich mit dem
schleichenden Luchse zu verbinden."

Der Knabe und die Schlange

Ein Knabe spielte mit einer zahmen Schlange. "Mein liebes
Tierchen", sagte der Knabe, "ich würde mich mit dir so
gemein nicht machen, wenn dir das Gift nicht benommen
wäre. Ihr Schlangen seid die boshaftesten, undankbarsten
Geschöpfe! Ich habe es wohl gelesen, wie es einem armen
Landmanne ging, der eine, vielleicht von deinen Ureltern,
die er halb erfroren unter einer Hecke fand, mitleidig aufhob
und sie in seinen erwärmenden Busen steckte. Kaum fühlte
sich die Böse wieder, als sie ihren Wohltäter biß; und der
gute freundliche Mann mußte sterben."

"Ich erstaune", sagte die Schlange, "wie parteiisch eure
Geschichtschreiber sein müssen! Die unsrigen erzählen diese
Historie ganz anders. Dein freundlicher Mann glaubte, die
Schlange sei wirklich erfroren, und weil es eine von den
bunten Schlangen war, so steckte er sie zu sich, ihr zu
Hause die schöne Haut abzustreiten. War das recht?"

"Ach, schweig nur", erwiderte der Knabe. "Welcher
Undankbare hätte sich nicht zu entschuldigen gewußt!"

"Recht, mein Sohn", fiel der Vater, der dieser Unterredung
zugehört hatte, dem Knaben ins Wort. "Aber gleichwohl,
wenn du einmal von einem außerordentlichen Undanke
hören solltest, so untersuche ja alle Umstände genau, bevor
du einen Menschen mit so einem abscheulichen
Schandflecke brandmarken lässest. Wahre Wohltäter haben
selten Undankbare verpflichtet; ja, ich will zur Ehre der
Menschheit hoffen — niemals. Aber die Wohltäter mit
kleinen eigennützigen Absichten, die sind es wert, mein
Sohn, daß sie Undank anstatt Erkenntlichkeit einwuchern."

Der Löwe mit dem Esel

Als des Äsopus Löwe mit dem Esel, der ihm durch seine fürchterliche Stimme die Tiere sollte jagen helfen, nach dem Walde ging, rief ihm eine naseweise Krähe von dem Baume zu: "Ein schöner Gesellschafter! Schämst du dich nicht, mit einem Esel zu gehen?"—"Wen ich brauchen kann", versetzte der Löwe, "dem kann ich ja wohl meine Seite gönnen."

So denken die Großen alle, wenn sie einen Niedrigen ihrer Gemeinschaft würdigen.

Der Löwe und der Hase

Ein Löwe würdigte einen drolligen Hasen seiner näheren Bekanntschaft. "Aber ist es denn wahr", fragte ihn einst der Hase, "daß euch Löwen ein elender krähender Hahn so leicht verjagen kann?"

"Allerdings ist es wahr", antwortete der Löwe; "und es ist eine allgemeine Anmerkung, daß wir großen Tiere durchgängig eine gewisse kleine Schwachheit an uns haben. So wirst du, zum Exempel, von dem Elefanten gehört haben, daß ihm das Grunzen eines Schweins Schauder und Entsetzen erwecket."

"Wahrhaftig?" unterbrach ihn der Hase. "Ja, nun begreif ich auch, warum wir Hasen uns so entsetzlich vor den Hunden fürchten."

Der Pelikan

Für wohlgeratene Kinder können Eltern nicht zu viel tun.

Aber wenn sich ein blöder Vater für einen ausgearteten Sohn das Blut vom Herzen zapft, dann wird Liebe zur Torheit.

Ein frommer Pelikan, da er seine Jungen schmachten sah, ritzte sich mit scharfem Schnabel die Brust auf und erquickte sie mit seinem Blute. "Ich bewundere deine Zärtlichkeit", rief ihm ein Adler zu, "und bejammere deine Blindheit. Sieh doch, wie manchen nichtswürdigen Kuckuck du unter deinen Jungen mit ausgebrütet hast!"

So war es auch wirklich; denn auch ihm hatte der kalte Kuckuck seine Eier untergeschoben. — Waren es undankbare Kuckucke wert, daß ihr Leben so teuer erkauft wurde?

Der Phönix

Nach vielen Jahrhunderten gefiel es dem Phönix, sich wieder einmal sehen zu lassen. Er erschien, und alle Tiere und Vögel versammelten sich um ihn. Sie gafften, sie staunten, sie bewunderten und brachen in entzückendes Lob aus.

Bald aber verwandten die besten und geselligsten mitleidsvoll ihre
Blicke und seufzten: "Der unglückliche Phönix! Ihm ward das harte Los,
weder Geliebte noch Freunde zu haben; denn er ist der einzige seiner
Art!"

Der Rabe

Der Rabe bemerkte, daß der Adler ganze dreißig Tage über seinen Eiern brütete. "Und daher kommt es ohne Zweifel", sprach er, "daß die jungen des Adlers so scharfsichtig und stark werden. Gut! Das will ich auch tun." Und seitdem brütet der Rabe ganze dreißig Tage über seinen Eiern; aber noch hat er nichts als elende Raben ausgebrütet.

Der Rabe und der Fuchs

Ein Rabe trug ein Stück vergiftetes Fleisch, das der erzürnte Gärtner für die Katzen seines Nachbars hingeworfen hatte, in seinen Klauen fort. Und eben wollte er es auf einer alten Eiche verzehren, als sich ein Fuchs herbeischlich und ihm zurief: "Sei mir gesegnet, Vogel des Jupiters!"

—"Für wen siehst du mich an?" fragte der Rabe. "Für wen ich dich ansehe?" erwiderte der Fuchs. "Bist du nicht der rüstige Adler, der täglich von der Rechten des Zeus auf diese Eiche herabkommt, mich Armen zu speisen? Warum verstellst du dich? Sehe ich denn nicht in der siegreichen Klaue die erflehte Gabe, die mir dein Gott durch dich zu schicken noch fortfährt?"

Der Rabe erstaunte und freute sich innig, für einen Adler gehalten zu werden. Ich muß, dachte er, den Fuchs aus diesem Irrtum nicht bringen. —Großmütig dumm ließ er ihm also seinen Raub herabfallen und flog stolz davon.

Der Fuchs fing das Fleisch lachend auf und fraß es mit boshafter
Freude. Doch bald verkehrte sich die Freude in ein schmerzhaftes
Gefühl; das Gift fing an zu wirken, und er verreckte.

Möchtet ihr euch nie etwas anders als Gift erloben,
verdammte
Schmeichler!

Der Rangstreit der Tiere

In vier Fabeln

1.

Es entstand ein hitziger Rangstreit unter den Tieren. Ihn zu
schlichten, sprach das Pferd, "lasset uns den Menschen zu
Rate ziehen; er ist keiner von den streitenden Teilen und
kann desto unparteiischer sein."

"Aber hat er auch den Verstand dazu?" ließ sich ein
Maulwurf hören.
"Er braucht wirklich den allerfeinsten, unsere oft tief
versteckten
Vollkommenheiten zu erkennen."

"Das war sehr weislich erinnert!" sprach der Hamster.

"Jawohl!" rief auch der Igel. "Ich glaube es nimmermehr, daß
der
Mensch Scharfsichtigkeit genug besitzt."

"Schweigt ihr!" befahl das Pferd. "Wir wissen es schon: Wer
sich auf die Güte seiner Sache am wenigsten zu verlassen
hat, ist immer am fertigsten, die Einsicht seines Richters in
Zweifel zu ziehen."

2.

Der Mensch ward Richter. —"Noch ein Wort", rief ihm der majestätische Löwe zu, "bevor du den Ausspruch tust! Nach welcher Regel, Mensch, willst du unsern Wert bestimmen?"

"Nach welcher Regel? Nach dem Grade, ohne Zweifel", antwortete der
Mensch, "in welchem ihr mir mehr oder weniger nützlich seid."

"Vortrefflich!" versetzte der beleidigte Löwe. "Wie weit würde ich alsdann unter dem Esel zu stehen kommen! Du kannst unser Richter nicht sein, Mensch! Verlaß die Versammlung!"

3.

Der Mensch entfernte sich. —"Nun", sprach der höhnische Maulwurf, — (und ihm stimmten der Hamster und der Igel wieder bei) —"siehst du, Pferd? der Löwe meint es auch, daß der Mensch unser Richter nicht sein kann. Der Löwe denkt wie wir."

"Aber aus besseren Gründen als ihr!" sagte der Löwe, und warf ihnen einen verächtlichen Blick zu.

4.

Der Löwe fuhr weiter fort: "Der Rangstreit, wenn ich es recht überlege, ist ein nichtswürdiger Streit! Haltet mich für den Vornehmsten oder den Geringsten; es gilt mir gleichviel. Genug, ich kenne mich!"—Und so ging er aus der Versammlung.

Ihm folgte der weise Elefant, der kühne Tiger, der ernsthafte Bär, der kluge Fuchs, das edle Pferd; kurz alle, die ihren Wert fühlten oder zu fühlen glaubten.

Die sich am letzten wegbegeben und über die zerrissene Versammlung am meisten murrten, waren — der Affe und der Esel.

Der Sperling und der Strauß

"Sei auf deine Größe, auf deine Stärke so stolz wie du willst", sprach der Sperling zu dem Strauße; "ich bin doch mehr ein Vogel als du. Denn du kannst nicht fliegen, ich aber fliege, obgleich nicht hoch, obgleich nur ruckweise."

Der leichte Dichter eines fröhlichen Trinkliedes, eines kleinen verliebten Gesanges, ist mehr ein Genie, als der schwunglose Schreiber einer langen Hermanniade.

Der Strauß

"Jetzt will ich fliegen!" rief der gigantische Strauß, und das ganze Volk der Vögel stand in ernster Erwartung um ihn versammelt. "Jetzt will ich fliegen", rief er nochmals, breitete die gewaltigen Fittiche weit aus und schoß, gleich einem Schiffe mit aufgespannten Segeln, auf dem Boden dahin, ohne ihn mit einem Tritte zu verlieren.

Sehet da ein poetisches Bild jener unpoetischen Köpfe, die in den ersten Zeilen ihrer ungeheuren Oden mit stolzen Schwingen prahlen, sich über Wolken und Sterne zu erheben drohen und dem Staube doch immer getreu bleiben!

Der Wolf auf dem Todbette

Der Wolf lag in den letzten Zügen und schickte einen prüfenden Blick auf sein vergangenes Leben zurück. "Ich bin freilich ein Sünder", sagte er; "aber doch, ich hoffe, keiner von den größten. Ich habe Böses getan; aber auch viel Gutes. Einstmals, erinnere ich mich, kam mir ein blökendes Lamm, welches sich von der Herde verirrt hatte, so nahe, daß ich es gar leicht hätte erwürgen können; und ich tat ihm nichts. Zu eben dieser Zeit hörte ich die Spöttereien und Schmähungen eines Scbafes mit der bewunderungswürdigsten Gleichgültigkeit an, ob ich schon keine schätzenden Hunde zu fürchten hatte."

"Und alles kann ich dir bezeugen", fiel ihm Freund Fuchs, der ihn zum Tode bereiten half, ins Wort. "Denn ich erinnere mich noch gar wohl aller Umstände dabei. Es war zu eben der Zeit, als du dich an dem Beine so jämmerlich würgtest, das dir der gutherzige Kranich hernach aus dem Schlunde zog."

Der Wolf und der Schäfer

Ein Schäfer hatte durch eine grausame Seuche seine ganze Herde verloren. Das erfuhr der Wolf und kam, seine Kondolenz abzustatten.

"Schäfer", sprach er, "ist es wahr, daß dich ein so grausames Unglück betroffen? Du bist um deine ganze Herde gekommen? Die liebe, fromme, fette Herde? Du dauerst, mich, und ich möchte blutige Tränen weinen."

"Habe Dank, Meister Isegrim", versetzte der Schäfer. "Ich sehe, du hast ein sehr mitleidiges Herz."

"Das hat er auch wirklich", fügte des Schäfers Hylax hinzu,

"so oft er unter dem Unglücke seines Nächsten selbst leidet."

Der hungrige Fuchs

"Ich bin zu einer unglücklichen Stunde geboren!" so klagte ein junger
Fuchs einem alten. "Fast keiner von meinen Anschlägen will mir
gelingen."—"Deine Anschläge", sagte der ältere Fuchs, "werden ohne
Zweifel doch klug sein. Laß doch hören, wann machst du deine
Anschläge?" "Wann ich sie mache? Wann anders, als wenn mich hungert?"
—"Wenn dich hungert?" fuhr der alte Fuchs fort. "Ja! da haben wir es!
Hunger und Überlegung sind nie beisammen. Mache sie künftig, wenn
du satt bist; und sie werden besser ausfallen."

Der junge und der alte Hirsch

Ein Hirsch, den die gütige Natur Jahrhunderte hat leben lassen, sagte einst zu einem seiner Enkel: "Ich kann mich der Zeit noch sehr wohl erinnern, da der Mensch das donnernde Feuerrohr noch nicht erfunden hatte."

"Welche glückliche Zeit muß das für unser Geschlecht gewesen sein!" seufzte der Enkel.

"Du schließest zu geschwind!" sagte der alte Hirsch. "Die Zeit war anders, aber nicht besser. Der Mensch hatte da,

anstatt des Feuerrohrs, Pfeile und Bogen, und wir waren
ebenso schlimm daran als jetzt."

Die Eiche

Der rasende Nordwind hatte seine Stärke in einer
stürmischen Nacht an einer erhabenen Eiche bewiesen. Nun
lag sie gestreckt, und eine Menge niedriger Sträucher lagen
unter ihr zerschmettert. Ein Fuchs, der seine Grube nicht
weit davon hatte, sah sie des Morgens darauf. "Was für ein
Baum!" rief er. "Hätte ich doch nimmermehr gedacht, daß er
so groß gewesen wäre!"

Die Eiche und das Schwein

Ein gefräßiges Schwein mästete sich unter einer hohen Eiche
mit der herabgefallenen Frucht. Indem es die eine Eichel
zerbiß, verschluckte es bereits eine andere mit dem Auge.

"Undankbares Vieh!" rief endlich der Eichbaum herab. "Du
nährst dich von meinen Früchten ohne einen einzigen
dankbaren Blick auf mich in die Höhe zu richten."

Das Schwein hielt einen Augenblick inne und grunzte zur
Antwort: "Meine dankbaren Blicke sollten nicht außen
bleiben, wenn ich nur wüßte, daß du deine Eicheln
meinetwegen hättest fallen lassen."

Die Erscheinung

In der einsamsten Tiefe jenes Waldes, wo ich schon manches redende Tier belauscht, lag ich an einem sanften Wasserfalle und war bemüht, einem meiner Märchen den leichten poetischen Schmuck zu geben, in welchem am liebsten zu erscheinen La Fontaine die Fabel fast verwöhnt hat. Ich sann, ich wählte, ich verwarf, die Stirne glühte—Umsonst, es kam nichts auf das Blatt. Voll Unwill sprang ich auf; aber sieh!— auf einmal stand sie selbst, die fabelnde Muse vor mir.

Und sie sprach lächelnd: "Schüler, wozu die undankbare Mühe? Die
Wahrheit braucht die Anmut der Fabel; aber wozu braucht die Fabel die
Anmut der Harmonie? Du willst das Gewürze würzen. G'nug, wenn die
Erfindung des Dichters ist; der Vortrag sei des ungekünstelten
Geschichtsschreibers, so wie der Sinn des Weltweisen."

Ich wollte antworten, aber die Muse verschwand. "Sie verschwand?" höre ich einen Leser fragen. "Wenn du uns doch nur wahrscheinlicher täuschen wolltest! Die seichten Schlüsse, auf die dein Unvermögen dich führte, der Muse in den Mund zu legen! Zwar ein gewöhnlicher Betrug-"

Vortrefflich, mein Leser! Mir ist keine Muse erschienen. Ich erzähle eine bloße Fabel, aus der du selbst die Lehre gezogen. Ich bin nicht der erste und werde nicht der letzte sein, der seine Grillen zu Orakelsprüchen einer göttlichen Erscheinung macht.

Die Eule und der Schatzgräber

Jener Schatzgräber war ein sehr unbilliger Mann. Er wagte sich in die Ruinen eines alten Raubschlosses und ward da gewahr, daß die Eule eine magere Maus ergriff und verzehrte. "Schickt sich das", sprach er, "für den philosophischen Liebling Minervens?"

"Warum nicht?" versetzte die Eule. "Weil ich stille Betrachtungen liebe, kann ich deswegen von der Luft leben? Ich weiß zwar, daß ihr Menschen es von euren Gelehrten verlanget—"

Die Furien

"Meine Furien", sagte Pluto zu dem Boten der Götter, "werden alt und stumpf. Ich brauche frische. Geh also, Merkur, und suche mir auf der Oberwelt drei tüchtige Weibspersonen dazu aus." Merkur ging.

Kurz darauf sagte Juno zu ihrer Dienerin: "Glaubtest du wohl, Iris, unter den Sterblichen zwei oder drei vollkommen strenge, züchtige Mädchen zu finden? Aber vollkommen strenge! Verstehst du mich? Um Cytheren hohnzusprechen, die sich das ganze weibliche Geschlecht unterworfen zu haben rühmt. Geh immer und sieh, wo du sie auftreibst." Iris ging.—

In welchem Winkel der Erde suchte nicht die gute Iris! Und dennoch umsonst! Sie kam ganz allein wieder, und Juno rief ihr entgegen: "Ist es möglich? O Keuschheit! O Tugend!"

"Göttin", sagte Iris, "ich hätte dir wohl drei Mädchen bringen können, die alle drei vollkommen streng und züchtig gewesen; die alle drei nie einer Mannsperson gelächelt, die alle drei den geringsten Funken der Liebe in ihren Herzen erstickt; aber ich kam, leider, zu spät."

"Zu spät?" sagte Juno. "Wieso?"

"Eben hatte sie Merkur für den Pluto abgeholt."

"Für den Pluto? Und wozu will Pluto diese Tugendhaften?"

"Zu Furien."

Die Gans

Die Federn einer Gans beschämten den neugeborenen
Schnee. Stolz auf dieses blendende Geschenk der Natur
glaubte sie eher zu einem Schwane als zu dem, was sie war,
geboren zu sein. Sie sonderte sich von ihresgleichen ab und
schwamm einsam und majestätisch auf dem Teiche herum.
Bald dehnte sie ihren Hals, dessen verräterischer Kürze sie
mit aller Macht abhelfen wollte; bald suchte sie ihm die
prächtige Biegung zu geben, in welcher der Schwan das
würdige Ansehen eines Vogels des Apollo hat. Doch
vergebens; er war zu steif, und mit aller ihrer Bemühung
brachte sie es nicht weiter, als daß sie eine lächerliche Gans
ward, ohne ein Schwan zu werden.

Die Geschichte des alten Wolfs

in sieben Fabeln

1.

Der böse Wolf war zu Jahren gekommen und faßte den
gleißenden

Entschluß, mit den Schäfern auf einem gütlichen Fuß zu leben. Er
machte sich also auf und kam zu dem Schäfer, dessen Horden seiner
Höhle die nächsten waren.

"Schäfer", sprach er, "du nennst mich den blutgierigsten Räuber, der ich doch wirklich nicht bin. Freilich muß ich mich an deine Schafe halten, wenn mich hungert; denn Hunger tut weh. Schütze mich nur vor dem Hunger; mache mich nur satt, und du sollst mit mir recht wohl zufrieden sein. Denn ich bin wirklich das zahmste, sanftmütigste Tier, wenn ich satt bin."

"Wenn du satt bist? Das kann wohl sein", versetzte der Schäfer. "Aber wann bist du denn satt? Du und der Geiz werden es nie. Geh deinen Weg!"

2.

Der abgewiesene Wolf kam zu einem zweiten Schäfer.

"Du weißt, Schäfer", war seine Anrede, "daß ich dir das Jahr durch manches Schaf würgen könnte. Willst du mir überhaupt jedes Jahr sechs Schafe geben, so bin ich zufrieden. Du kannst alsdann sicher schlafen und die Hunde ohne Bedenken abschaffen."

"Sechs Schafe?" sprach der Schäfer, "das ist ja eine ganze Herde!"

"Nun, weil du es bist, so will ich mich mit fünfen begnügen", sagte der Wolf.

"Du scherzest, fünf Schafe! Mehr als fünf Schafe opfere ich kaum im ganzen Jahre dem Pan."

"Auch nicht viere?" fragte der Wolf weiter; und der Schäfer schüttelte spöttisch den Kopf.

"Drei?—Zwei?"

"Nicht ein einziges", fiel endlich der Bescheid, "denn es wäre ja wohl töricht, wenn ich mich einem Feinde zinsbar machte, vor welchem ich mich durch meine Wachsamkeit sichern kann."

3.

Aller guten Dinge sind drei, dachte der Wolf und kam zu einem dritten
Schäfer.

"Es geht mir recht nahe", sprach er, "daß ich unter euch Schäfern als das grausamste, gewissenloseste Tier verschrien bin. Dir, Montan, will ich jetzt beweisen, wie unrecht man mir tut. Gib mir jährlich ein Schaf, so soll deine Herde in jenem Walde, den niemand unsicher macht als ich, frei und unbeschädigt weiden dürfen. Ein Schaf! Welche Kleinigkeit! Könnte ich großmütiger, könnte ich uneigennütziger handeln?—Du lachst, Schäfer? Worüber lachst du denn?"

"Oh, über nichts! Aber wie alt bist du, guter Freund?" sprach der
Schäfer.

"Was geht dich mein Alter an? Immer noch alt genug, dir deine liebsten Lämmer zu würgen."

"Erzürne dich nicht, alter Isegrim! Es tut mir leid, daß du mit deinem Vorschlage einige Jahre zu spät kommst. Deine ausgerissenen Zähne verraten dich. Du spielst den Uneigennützigen, bloß um dich desto gemächlicher nähren zu können."

4.

Der Wolf ward ärgerlich, faßte sich aber doch und ging auch
zu dem vierten Schäfer. Diesem war eben sein treuer Hund
gestorben, und der Wolf machte sich den Umstand zunutze.

"Schäfer", sprach er, "ich habe mich mit meinen Brüdern in
dem Walde veruneinigt und so, daß ich mich in Ewigkeit
nicht wieder mit ihnen aussöhnen werde. Du weißt, wieviel
du von ihnen zu fürchten hast! Wenn du mich aber anstatt
deines verstorbenen Hundes in Dienste nehmen willst, so
stehe ich dir dafür, daß sie keines deiner Schafe auch nur
scheel ansehen sollen."

"Du willst sie also", versetzte der Schäfer, "gegen deine
Brüder im
Walde beschützen?"

"Was meine ich denn sonst? Freilich."

"Das wäre nicht übel! Aber, wenn ich dich nun in meine
Horden einnähme, sage mir doch, wer sollte alsdann meine
armen Schafe gegen dich beschützen? Einen Dieb ins Haus
nehmen, um vor den Dieben außer dem Hause sicher zu
sein, das halten wir Menschen —"

"Ich höre", sagte der Wolf, "du fängst an zu moralisieren.
Lebe wohl!"

5.

"Wäre ich nicht so alt!" knirschte der Wolf "Aber ich muß
mich leider in die Zeit schicken." Und so kam er zu dem
fünften Schäfer.

"Kennst du mich, Schäfer?" fragte der Wolf.

"Deinesgleichen wenigstens kenne ich", versetzte der Schäfer.

"Meinesgleichen? Daran zweifle ich sehr. Ich bin ein so sonderbarer
Wolf, daß ich deiner und aller Schäfer Freundschaft wohl wert bin."

"Und wie sonderbar bist du denn?"

"Ich könnte kein lebendiges Schaf würgen und fressen, und wenn es mir das Leben kosten sollte. Ich nähre mich bloß mit toten Schafen. Ist das nicht löblich? Erlaube mir also immer, daß ich mich dann und wann bei deiner Herde einfinden und nachfragen darf, ob dir nicht—"

"Spare der Worte!" sagte der Schäfer. "Du müßtest gar keine Schafe fressen, auch nicht einmal tote, wenn ich dein Feind nicht sein sollte. Ein Tier, das mir schon tote Schafe frißt, lernt leicht aus Hunger kranke Schafe für tot und gesunde für krank ansehen. Mache auf meine Freundschaft also keine Rechnung und geh!"

6.

Ich muß nun schon mein Liebstes daran wenden, um zu meinem Zweckc zu gelangen! dachte der Wolf und kam zu dem sechsten Schäfer. "Schäfer, wie gefällt dir mein Pelz?" fragte der Wolf.

"Dein Pelz?" sagte der Schäfer, "laß sehen! Er ist schön; die Hunde müssen dich nicht oft untergehabt haben."

"Nun, so höre, Schäfer; ich bin alt und werde es so lange nicht mehr treiben. Füttere mich zu Tode, und ich vermache dir meinen Pelz."

"Ei sieh doch!" sagte der Schäfer, "kommst du auch hinter

die Schliche der alten Geizhälse? Nein, nein; dein Pelz würde mich am Ende siebenmal mehr kosten, als er wert wäre. Ist es dir aber ein Ernst, mir ein Geschenk zu machen, so gib mir ihn gleich jetzt." Hiermit griff der Schäfer nach der Keule, und der Wolf floh.

7.

"O die Unbarmherzigen!" schrie der Wolf und geriet in die äußerste Wut. "So will ich auch als ihr Feind sterben, ehe mich der Hunger tötet, denn sie wollen es nicht besser!" Er lief, brach in die Wohnungen der Schäfer ein, riß ihre Kinder nieder und ward nicht ohne große Mühe von den Schäfern erschlagen.

Da sprach der weiseste von ihnen: "Wir taten doch wohl unrecht, daß wir den alten Räuber auf das äußerste brachten und ihm alle Mittel zur Besserung, so spät uns erzwungen sie auch war, benahmen!"

Die Nachtigall und die Lerche

Was soll man zu den Dichtern sagen, die so gern ihren Flug weit über alle Fassung des größten Teiles ihrer Leser nehmen? Was sonst, als was die Nachtigall einst zu der Lerche sagte: "Schwingst du dich, Freundin, nur darum so hoch, um nicht gehört zu werden?"

Die Pfauen und die Krähe

Eine stolze Krähe schmückte sich mit den ausgefallenen Federn der farbigen Pfaue und mischte sich kühn, als sie genug geschmückt zu sein glaubte, unter diese glänzenden Vögel der Juno. Sie ward erkannt, und schnell fielen die Pfaue mit scharfen Schnäbeln auf sie, ihr den betrügerischen Putz auszureißen.

"Lasset nach!" schrie sie endlich, "ihr habt nun alle das Eurige wieder." Doch die Pfaue, welche einige von den eigenen glänzenden Schwingfedern der Krähe bemerkt hatten, versetzten: "Schweig, armselige Närrin, auch diese können nicht dein sein!"—und hackten weiter.

Die Schwalbe

Glaubt mir, Freunde, die große Welt ist nicht für den Weisen, ist nich für den Dichter! Man kennt da ihren wahren Wert nicht, und ach! sie sind oft schwach genug, ihn mit einem nichtigen zu vertauschen.

In den ersten Zeiten war die Schwalbe ein ebenso tonreicher melodischer Vogel wie die Nachtigall. Sie ward es aber bald müde, in den einsamen Büschen zu wohnen und da von niemandem als dem fleißige Landmanne und der unschuldigen Schäferin gehört und bewundert zu werden. Sie verließ ihre demütigere Freundin und zog in die Stadt. — Was geschah? Weil man in der Stadt nicht Zeit hatte, ihr göttliches Lied zu hören, so verlernte sie es nach und nach und lernte dafür— bauen.

Die Sperlinge

Eine alte Kirche, welche den Sperlingen unzählige Nester gab, ward ausgebessert. Als sie nun in ihrem neuen Glanze dastand, kamen die Sperlinge wieder, ihre alten Wohnungen zu suchen. Allein sie fanden sie alle vermauert. "Zu was", schrien sie, "taugt denn nun das große Gebäude? Kommt, verlaßt den unbrauchbaren Steinhaufen!"

Die Traube

Ich kenne einen Dichter, dem die schreiende Bewunderung seiner kleinen
Nachahmer weit mehr geschadet hat als die neidische Verachtung seiner
Kunstrichter.

"Sie ist ja doch sauer!" sagte der Fuchs von der Traube, nach der er lange genug vergebens gesprungen war. Das hörte ein Sperling und sprach: "Sauer sollte die Traube sein? Danach sieht sie mir doch nicht aus!" Er flog hin und kostete und fand sie ungemein süß und rief hundert näschige Brüder herbei. "Kostet doch!" schrie er, "kostet doch! Diese treffliche Traube schalt der Fuchs sauer."

Sie kosteten alle, und in wenigen Augenblicken ward die Traube so zugerichtet, daß nie ein Fuchs wieder danach sprang.

Die Wasserschlange

Zeus hatte nunmehr den Fröschen einen anderen König gegeben; anstatt eines friedlichen Klotzes eine gefräßige Wasserschlange.

"Willst du unser König sein", schrien die Frösche, "warum

verschlingst du uns?"—"Darum", antwortete die Schlange, "weil ihr um mich gebeten habt."—

"Ich habe nicht um dich gebeten!" rief einer von den Fröschen, den sie schon mit den Augen verschlang. —"Nicht?" sagte die Wasserschlange. "Desto schlimmer! So muß ich dich verschlingen, weil du nicht um mich gebeten hast."

Die Ziegen

Die Ziegen baten den Zeus, auch ihnen Hörner zu geben; denn anfangs hatten die Ziegen keine Hörner.

"Überlegt es wohl, was ihr bittet", sagte Zeus. "Es ist mit dem Geschenke der Hörner ein anderes unzertrennlich verbunden, das euch so angenehm nicht sein möchte."

Doch die Ziegen beharrten auf ihrer Bitte, und Zeus sprach: "So habt denn Hörner!"

Und die Ziegen bekamen Hörner—und Bart! Denn anfangs hatten die Ziegen auch keinen Bart. O wie schmerzte sie der häßliche Bart, weit mehr, als sie die stolzen Hörner erfreuten!

Die eherne Bildsäule

Die eherne Bildsäule eines vortrefflichen Künstlers schmolz durch die Hitze einer wütenden Feuersbrunst in einen Klumpen. Dieser Klumpen kam einem anderen Künstler in die Hände, und durch seine Geschicklichkeit verfertigte er eine neue Bildsäule daraus, von der ersteren in dem, was sie vorstellte, unterschieden, an Geschmack und Schönheit aber ihr gleich.

Der Neid sah es und knirschte. Endlich besann er sich auf einen armseligen Trost: Der gute Mann würde dieses noch ganz erträgliche Stück auch nicht hervorgebracht haben, wenn ihm nicht die Materie der alten Bildsäule dabei zustatten gekommen wäre.

Die junge Schwalbe

"Was macht ihr da?" fragte eine junge Schwalbe die geschäftigen
Ameisen.

"Wir sammeln Vorrat für den Winter", war die Antwort.

"Das ist klug", sagte die Schwalbe, "das will ich auch tun."

Und gleich fing sie an, eine Menge toter Spinnen und Fliegen in ihr
Nest zu tragen.

"Aber wozu soll das?" fragte endlich ihre Mutter.

"Wozu? Das ist Vorrat für den bösen Winter, liebe Mutter. Sammle doch auch! Die Ameisen haben mich diese Vorsicht gelehrt"

"Laß nur die Ameisen!" versetzte die Mutter. "Uns Schwalben hat die Natur ein schöneres Los bereitet. Wenn der reiche Sommer sich wendet, dann ziehen wir fort von hier."

Jupiter und das Schaf

Ein Schafweibchen lebte in einer spärlich bewachsenen Gebirgsgegend. Es mußte viel von anderen Tieren erleiden und war ständig auf der Flucht vor Feinden. Ein Adler kreiste oft über diesem Gebiet, und das Schafweibchen war gezwungen, immer wieder ihr kleines Schäfchen zu verstecken. Auch mußte es achtgeben, daß der Wolf es nicht entdeckte, denn dieser strolchte auf dem dichtbebuschten Nachbarhügel herum. Außerdem war es wirklich ein Wunder, daß der Bär aus der waldigen Schlucht unter ihm es und sein Kind mit seinen riesigen Pranken noch nicht erwischt hatte.

An einem Sonntag beschloß das Schaf, zum Himmelsgott zu wandern und ihn um Hilfe zu bitten. Demütig trat es vor Jupiter und schilderte ihm sein Leid. "Ich sehe wohl, mein frommes Geschöpf, daß ich dich allzu schutzlos geschaffen habe", sprach der Gott freundlich, "darum will ich dir auch helfen. Aber du mußt selber wählen, was für eine Waffe ich dir zu deiner Verteidigung geben soll. Willst du vielleicht, daß ich dein Gebiß mit scharfen Fang- und Reißzähnen ausrüste und deine Füße mit spitzen Krallen bewaffne?"

Das Schaf schauderte. "O nein, gütiger Vater, ich möchte mit den wilden, mörderischen Raubtieren nichts gemein haben."

"Soll ich deinen Mund mit Giftwerkzeugen wappnen?" Das Schaf wich bei dieser Vorstellung einen Schritt zurück. "Bitte nicht, gnädiger Herrscher, die Giftnattern werden ja überall so sehr gehaßt."

"Nun, was willst du dann haben?" fragte Jupiter geduldig. "Ich könnte
Hörner auf deine Stirn pflanzen, würde dir das gefallen?"

"Auch das bitte nicht", wehrte das Schaf schüchtern ab, "mit meinem
Gehörn könnte ich so streitsüchtig oder gewalttätig werden wie ein
Bock."

"Mein liebes Schaf", belehrte Jupiter sein sanftmütiges Geschöpf, "wenn du willst, daß andere dir keinen Schaden zufügen, so mußt du gezwungenerweise selber schaden können."

"Muß ich das?" seufzte das Schaf und wurde nachdenklich. Nach einer Weile sagte es: "Gütiger Vater, laß mich doch lieber so sein, wie ich bin. Ich fürchte, daß ich die Waffen nicht nur zur Verteidigung gebrauchen würde, sondern daß mit der Kraft und den Waffen zugleich auch die Lust zum Angriff erwacht."

Jupiter warf einen liebevollen Blick auf das Schaf, und es trabte in das Gebirge zurück. Von dieser Stunde an klagte das Schaf nie mehr über sein Schicksal.

Merops

"Ich muß dich doch etwas fragen", sprach ein junger Adler zu einem tiefsinnigen grundgelehrten Uhu. "Man sagt, es gäbe einen Vogel mit Namen Merops, der, wenn er in die Luft steige, mit dem Schwanze voraus, den Kopf gegen die Erde gekehrt, fliege. Ist das wahr?"

"Ei nicht doch!" antwortete der Uhu; "das ist eine alberne Erdichtung des Menschen. Er mag selbst ein solcher Merops sein, weil er nur gar zu gern den Himmel erfliegen möchte, ohne die Erde auch nur einen Augenblick aus dem Gesichte zu verlieren."

Minerva

Laß sie doch, Freund! laß sie, die kleinen hämischen Neider
deines wachsenden Ruhmes! Warum will dein Witz ihre der
Vergessenheit bestimmte Namen verewigen?

In dem unsinnigen Kriege, welchen die Riesen wider die
Götter führten,
stellten die Riesen der Minerva einen schrecklichen Drachen
entgegen.
Minerva aber ergriff den Drachen und schleuderte ihn mit
gewaltiger
Hand an das Firmament. Da glänzt er noch, und was so oft
großer Taten
Belohnung war, ward des Drachens beneidenswürdige
Strafe.

Zeus und das Pferd

"Vater der Tiere und Menschen", so sprach das Pferd und
nahte sich dem Throne des Zeus, "man will, ich sei eines der
schönsten Geschöpfe, womit du die Welt geziert, und meine
Eigenliebe heißt es mich glauben. Aber sollte gleichwohl
nicht noch verschiedenes an mit zu bessern sein?" "Und was
meinst du denn, das an dir zu bessern sei? Rede, ich nehme
Lehre an", sprach der gute Gott und lächelte.

"Vielleicht", sprach das Pferd weiter, "würde ich flüchtiger
sein, wenn meine Beine höher und schmächtiger wären; ein
langer Schwanenhals würde mich nicht verstellen; eine

breitere Brust wurde meine Stärke vermehren; und da du mich doch einmal bestimmt hast, deinen Liebling, den Menschen, zu tragen, so könnte mir ja wohl der Sattel anerschaffen sein, den mir der wohltätige Reiter auflegt."

"Gut", versetzte Zeus, "gedulde dich einen Augenblick!" Zeus, mit ernstem Gesichte, sprach das Wort der Schöpfung. Da quoll Leben in den Staub, da verband sich organisierter Stoff; und plötzlich stand vor dem Throne—das häßliche Kamel.

Das Pferd sah, schauderte und zitterte vor entsetzendem Abscheu.

"Hier sind höhere und mächtigere Beine", sprach Zeus; "hier ist ein langer Schwanenhals; hier ist eine breite Brust; hier ist der anerschaffene Sattel! Willst du, Pferd, daß ich dich so umbilden soll?"

Das Pferd zitterte noch.

"Geh", fuhr Zeus fort; "dieses Mal sei belehrt, ohne bestraft zu werden. Dich deiner Vermessenheit aber dann und wann reuend zu erinnern, so daure du fort, neues Geschöpf'— Zeus warf einen erhaltenden Blick auf das Kamel—"und das Pferd erblicke dich nie, ohne zu schaudern."

www.ingramcontent.com/pod-product-compliance
Lightning Source LLC
Chambersburg PA
CBHW030916260626
47169CB00008B/2869